LES
SOVSPIRS
DES
FLEVRS DE LYS,
ADDRESSE'ES
AV ROY
ET A LA REYNE.

A PARIS,

M. DC. LII.

LES SOVSPIRS
DES
FLEVRS DE LYS,
ADDRESSE'ES
AV ROY ET A LA REYNE.

IE suis la Fleur de Lys de chacun admirée,
Qui ma Racine a pris du Roy Clouis le Grãd
Mais las ! les Mazarins m'ont beaucoup esleu-
    rée,   (prend
Des fueilles de mes Fleurs vn chacun d'iceux

Mon Renom & mon los tirent leur origine,
Des Sacrez saincts Cahiers du double Testamẽt
Benie, i'ay esté d'vne faueur Diuine,
Pour seruir aux François de Sceptre & d'orne-
    ment.

En diuerses Saisons i'ay esté esbranchée,
Beaucoup de mouuemens m'ont fait voir leurs
    rigueurs,

Les valets de mon Roy m'ont aux pieds épan-
  chée,
Et la Guerre me met en mortelles douleurs.

Ie suis vne herbe saincte, vne Tige, vne Plante,
Qui n'ay pour mon Soleil, sinon l'Oing du Sei-
  gneur,
Si de sa Majesté Mazarin ne s'absente,
Il ne pourra iamais éuiter le mal-heur.

Ie connois ma beauté, mon honneur, mon
  merite,
Louys le Iuste m'auoit esleué dignement,
Dire ie ne le dois, car vn chacun me dicte
Que Louys son Successeur est de tout innocent.

Louys mon Protecteur qui auoit pour figure,
Ma Fleur qui te seruoit de Symbole & Tableau,
Faudra-il qu'on me brise & qu'on me défiguré
Puis que ton fils ne veut pas chasser mon fleau.

Faudra-il que ie perde ma riche couleur Blan-
  che,
Faut-il que Mazarin iouïsse d'vn tel bien,
Et en cét abandon ie n'aye la voix franche
Pour dire le mal heur de mon Roy & le mien.

Que chacun sçache donc mon mal & ma foi-
  blesse,

Mon

Mon agonie, mon dueil mon regret ma dou-
　　leur,
Caufée des Mazarins,dont les mains larronneffe
Mais feuilles ont violé pour baftir leur faueur。

　　Mazarin comme chef a choifi la plus haute,
Et les fiens auec luy font dans le cœur Royal,
Ayant fouffert cela, on a fait tres-grand faute,
Car de les en tirer on aura bien du mal.

　　Helas! quel creue cœur,aucun ne me confole
Quoy ie voy les Rameaux qui font fortis de moy
A eux s'eftre arrefté de vouloir & parole,
En me foulant aux pieds me met en grand
　　émoy.

　　Mais Gafton le fuport de ma Tige & mes
　　branches,
Et de Condé l'apuy de mes feuïlles & Fleurs,
Sont ioints l'vn auec l'autre,& par paroles Fran-
　　che,
Declareront au Roy mes cuifantes douleurs.

　　En luy ayant fait voir la hardie entreprife,
Que ces Pipeurs ont fait fur fon Authorité;
Peut-eftre les fera-il fuftiger en chemife
Leur donnant le loyer de leur temerité.

　　Car celà eft honteux de voir qu'on me baffouë,
B

Moy qui deuroit briller dans le luſtre & l'eclat:
Et ce pour vn Coquin qui merite la Rouë,
Qui contre la raiſon eſt Miniſtre d'Eſtat.

Faloit-il l'eſleuer dedans le Miniſtere,
Luy permetant d'auoir ſi grande authorité,
Qu'il méne comme il veut de l'Eſtat les affaire,
Faiſant ce qu'il luy plaiſt prés de ſa Majeſté.

Quoy vn homme Eſtranger aura tant d'inſo-
    lence,
Que de vouloir narguer nos Princes, & Sei-
    gneurs,
De brauer les François, & de perdre la France
Lors que ie voy cela ie me paſme & ie meurs.

Quoy vn nouueau venu dans la Maiſon Roy-
    alle ,
Y fait tout ce qu'il veut ſans auoir de dédit,
Alors qu'en France il vint la iournée fut fatale,
Parce qu'il a cauſé que iç perds mon credit.

Faut-il donc qu'vn maraut , vn gueux porte-
    beſace,
Se voye dans le pouuoir d'vne telle façon,
Et que l'on vueille bien qu'il faſſe & qu'il dé-
    faſſe,
Et que meſme aux plus grands il donne la leçon.

Il eſt vray que le Roy eſt ieune,& qu'il l'amuſe,
Car à tout ce qu'il dit il le croy fermement,
Mais il ne connoiſt pas du Mazarin la ruſe,
Qui fait le bon valet,mais par vn faux ſemblant.

Enfin il a en Cour vn tres-grand priuilege,
Et les Grands n'y ſont pas comme luy reſpectez,
Ie croy qu'aſſeurément il a du ſortilege,
D'eſtre ſi abſolu auprés leurs Majeſtez.

Quoy pour fauoriſer vn homme de ſa ſorte,
Les Princes ne ſont pas receus en leur maiſon,
Ie n'y ſçaurois penſer, la paſſion m'emporte,
De voir ce procedé qui eſt contre raiſon.

Et pour vn adoptif les enfans legitimes
Se verront déchaſſez, & ils perdront leur droit:
Peut-on faire cela ſans faire de grands crimes?
Qui diroit autrement, inſenſé il ſeroit.

Les Princes mes Enfans, Appuys de la Cou-
  ronne,
Qui de ſa Majeſté deuroient eſtre cheris,
Eſtant de ſon Eſtat les Remparts & Colomnes,
Se voyent moins honnorez que des gens de bas
  prix.

N'ay-je pas bien ſujet de me voir indignée
Contre le Mazarin qui flétrit ma beauté,

parce qu'il a troublé ma Royale Lignée,
Et me fait separer de ma belle vnité.

Ha Sire ! serez-vous point touché de ma
    peine,
En me voyant pour vous lamenter & douloir,
C'est parce qu'vn coquin vous mene & vous ra-
    mene,
Et que vous le suiuez au gré de son vouloir.

Quoy vous fuyez Paris, & l'on vous y honore
Auec tant de respect & de fidelité,
Si Mazarin le fuït, l'apprehende, & l'abhorre,
C'est qu'on ne l'y veut plus n'y à d'autre costé.

N'est-ce pas grand pitié voir la France regie
Par vn homme estranger, duquel on a fait choix,
Le preferer à ceux qui sont de la patrie,
Quoy n'est-ce pas aller contre toutes les Loix?

Bref ce m'est vn sujet d'vne grande amertume
Voir qu'vn Italien mon Estat vient vacquer,
Les autres Roys n'ont point vne telle coustu-
    me,
Et c'est ce qui iamais ne s'est veu pratiquer.

Mais auoit-on raison de voir vn homme igno-
    ble
Ministre d'vn Estat, d'vn lieu d'où il n'est né,

Qui apres a ruïné le Bourgeois & le Noble,
Abufant du pouuoir qu'on luy auoit donné.

Verray-je plus long-temps regner ce Poli-
    pheme,
Qui trouble des François la paix & l'vnion,
Le Roy ne fait-il pas tout son poffible extréme
De le vouloir tenir en fa protection.

Vn homme qui a mis la guerre & la difcorde
Entre tous les François, que peut-il meriter ?
On dira tout du moins qu'il merite la cordé,
Et fi que c'eft le trop humainement traiter.

Sire, vous protegez vn mefchant, vn impie,
Et vous faites pour luy la guerre à vos Sujets,
Mais s'ils font armez c'eft contre cette harpie,
Non pas donc contre vous, mais contre vos
    valets.

Sire, fouffrirez-vous que voftre Eftat fe perde,
Pour trop confiderer vn homme comme luy,
Car de s'imaginer que nos Princes luy cede,
Ils ne le feront pas, cela feroit inoüy.

On ne fçauroit blafmer fon Alteffe Royale,
Son procedé eft iufte, il n'eft que pour vn bien,
Condé ioint auec luy dont l'ame martiale
Employera fon bras contre l'Italien.

Ceux qui sçauent estimer la valeur des Cou-
 ronnes
Sont grandement ialoux de leur possession,
Pour les bien conseruer faut que les Roys eslo-
 gnes
Ceux qui dans leurs Estats mettent la diuision.

Sire, Paris qui est la Ville capitale
Du Royaume François, vous fait vœu & ser-
 ment
D'vne fidelité & d'vne foy loyale,
Pendant vous le traitez du tout seuerement.

N'y deuriez-vous pas estre en magnificence
Sur le Trône Royal brillant comme vn Soleil,
Et redonner la paix au Royaume de France,
Et chasser le Demon qu'est dans vostre Conseil.

Vous allez çà & là sans tenir voye ny sente,
Suiuant la volonté d'vn infame Vassal,
Quoy ! vostre Majesté faut-il qu'elle consente ?
A tout ce qu'il plaira au traistre Cardinal.

Louys vostre Geniteur vous laissa son Royau-
 me,
Dans vne bonne Paix, n'estant point oppressé
Mais depuis Mazarin ce furieux Phantosme,
A troublé son repos & tout bouleuersé.

Où estes-vous grand Roy Louis treize le Iuste,
Vous estiez mon Appuy, mon Phare , mon
     Rempart,   (cheute,
Mais depuis vostre mort ie me vois bien dé-
Car Mazarin de moy prend vne bonne part.

Durant vostre viuant i'estois tant honorée,
I'éclattois de beauté, de lustre & de candeur,
Mais à present ie suis de ces honneurs frustrée,
Mes fueilles sont flétries,& ie perds mon odeur.

Louys de Dieu-donné imitez vostre Pere,
Mettez-moy dans l'Estat où ie luisois alors,
Cependant qu'il regnoit encor dessus la terre,
Et de vostre Maison ne me chassez plus hors.

Mais chassez-en plustost ce perfide & pro-
     phane,
Qui ose vous oster de vostre liberté,
Et n'endurez donc plus qu'il me gaste & fane,
Car ie suis l'ornement de vostre Majesté.

L'on blasmoit Richelieu par mille inuectiues,
A de mauuais esprits il estoit odieux,
Mais depuis Mazarin rend la France cheriue,
Faisant bien pis que luy, doncques il valoit bien
     mieux.

Ie seray desormais toute seiche & aride,

Que l'on ne pourra plus me faire refleurir,
Car si en France est plus mazarin ce perfide,
On prend bien le chemin de me faire mourir.

Sur les Armes des Roys ie suis plus estimée,
La France m'a euë comme present des Cieux,
Faut-il donc aujourd'huy que ie sois consom-
     mée,
Et que l'on me separe en tant de diuers lieux.

Ha ! qu'il est bien-tost temps que ie sois secou-
     ruë.
I'appelle les François, car ils sont mes enfans,
I'espere que par eux ie seray maintenuë,
Me deliurant bien-tost de mes cruels Tyrans.

Enfin i'ay bon espoir en sa Royalle Altesse:
Et au vaillant Condé & mes autres appuye,
qu'ensemble estant touchez de ma grande dé-
     tresse,
Ils m'osterons des mains de tous mes Ennemis.

Ouy, ils me remettrons dans ma beauté pre-
     miere,
Ie parestray sur eux, à l'entour de mon Roy.
Mais faut auparauant qu'il chassent ce Vipere,
Qui me ronge & destruit ainsi comme l'on voy.

Ie veux donc m'addresser a vous ô grande
     Reyne,   Car

Car c'eſt auec raiſon ſi a vous ie me plains,
De voir que vous ſouffrez me voir en ſi grande
     peine
Et me conſiderez, moins que les Mazarins.

On ne peut m'épeſcher il faut que ie me pleigne
De voir l'Eſtat qu'eſt mis tous s'en deſſus deſ-
     ſous,
Ce m'eſt grand déplaiſir voir vn ſi piteux reigne
Et de tous ces mal heurs ie m'en veux plaindre
     à vous.
Vous qui auez en main le timon du Nauire,
Ne deuez-vous pas bien conduire le Vaiſſeau ?
Mais là, vous aydez plutoſt à le d'eſtruire,
Et voudriez deſia qu'il fut au fonds de l'eau.

C'eſt pour vn Mazarin que vous eſtes obſtinée
Et de qui vous prenez, ſi fort les intereſts,
Que vous vous ſouciez peu ſi la France eſt ruïnée
Et de perdre pour luy tous vos pauures ſujets.

Celà eſt eſtonnant & ie ne ſçay pas comme
Vous voulez ſans raiſon du Peuple vous venger:
C'eſt bien conſiderer vn ſi deſloyal homme,
Qui cauſe dans l'Eſtat vn ſi furieux danger.

Le Peuple ne peut plus ſouffrir telle vergóne
De voir que ce meſchant a tout mis en débat,

qu'il a chacun ruyné & trouble tout l'Eſtat,
Le Peuple a donc raiſon de vouler qu'ils s'eſlon-
gne.

Or puis que Mazarin eſt la cauſe certaine,
Que ie voy allentir mes Nobles fleurs de Lys:
Et que tous les François il a mis dans la peine,
Pourquoy ne voulez qu'il aille a ſon pays.

Dieu vous ayant donné vn Peuple a voſtre
charge
Vous eſtes obligée de le bien Gouuerner,
Et de ne pas ſouffrir qu'on l affige & l'outrage
Où ſi quelqu'vn le fait vous deuez l'eſloigner.

Vous voyez Mazarin eſtre la ſource entiere,
Du mal qu'ont les François & vous le protegez,
Vous eſtes comme luy du Peuple meurtriere
Ie ne ſçay pas du tout à ce que vous ſongez.

Madame, vous deuez tremper voſtre colere,
Et ne pas tant cedder à cette paſſion :
Car ce feu deuorant ſi on ne le modere,
Cauſe ſouuentes-fois noſtre perdition.

Il eſt temps d'apporter vn diligent remede,
A tant de maux cauſez par des Cõſeils mauuais
Affin qu'à vn mal-heur vn autre ne ſuccede,
Vous deuez vous haſter d'accorder à la Paix.

F I N.

QVATRAIN.

L'Ancre autresfois gasta de nos Lys la blan-
cheur,
Et pour la conseruer on la mit en ruyne,
Mais pensant les sauuer d'vne sale noirceur
On les a corrompus de l'odeur mazarine.

A LA FRANCE.

FRance ie plains bien vostre sort,
Car on connoist vostre impuissance
Vn coyon vous mit en balance,
Et Mazarin vous met a mort.

F I N.